穆旦詩集

(1939——1945)

穆旦 著

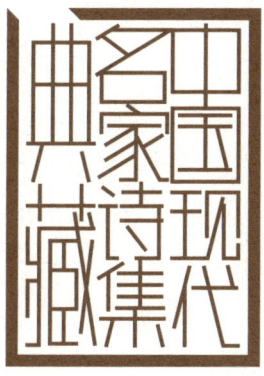

穆旦诗集

穆旦 —— 著

人民文学出版社

图书在版编目（CIP）数据

穆旦诗集/穆旦著. —北京：人民文学出版社，2020（2025.6重印）
（中国现代名家诗集典藏）
ISBN 978-7-02-016508-7

Ⅰ.①穆… Ⅱ.①穆… Ⅲ.①诗集—中国—现代 Ⅳ.①I226

中国版本图书馆 CIP 数据核字（2020）第 132135 号

责任编辑	温　淳
装帧设计	刘　静
责任校对	李义洲
责任印制	王重艺

出版发行	人民文学出版社
社　　址	北京市朝内大街 166 号
邮政编码	100705

印　　刷	三河市中晟雅豪印务有限公司
经　　销	全国新华书店等

字　　数	60 千字
开　　本	787 毫米×1092 毫米　1/32
印　　张	5.5　插页 1
印　　数	13001—23000
版　　次	1986 年 1 月北京第 1 版
印　　次	2025 年 6 月第 4 次印刷
书　　号	978-7-02-016508-7
定　　价	35.00 元

如有印装质量问题，请与本社图书销售中心调换。电话:010-65233595

出版说明

在五四新文化运动走过百年之际,由人民文学出版社现代文学编辑室编辑出版的"中国现代名家诗集典藏"丛书与广大读者见面了。

人民文学出版社是新中国最早系统出版中国现代文学作品的专业出版机构。早在建社之初就设立了鲁迅著作编辑室和"五四"文学编辑组。1982年,又将这两个内设机构整合为现代文学编辑室。编辑出版中国现代文学作家的传世作品,已成为人民文学出版社的光荣传统。

时间跨度三十余年的中国现代文学,呈现出"启蒙、救亡和翻身"三大主题,而勇立潮头的现代新诗更是张扬了诗歌的抒情天性,诗人们为人民抒情,将时代的主题在最高点释放,共同奏响民族独立和人民解放的杰出篇章。因此,那些在当时由作者亲自编订并产生了重大反响且至今仍有口碑的著名诗集,广大的诗歌爱好者、创作者、研究者和收藏者仍然念念不忘。我们觉得让这些诗集得以原味呈现,对于广大的读者来说,无疑是必要的。

鉴于此,我们推出这套"中国现代名家诗集典藏"丛书,选入胡适的《尝试集》,郭沫若的《女神》,冰心的《繁星　春水》,徐志摩的《志摩的诗　猛虎集》,闻一多的《红烛　死水》,戴望舒的《望舒诗稿》,艾青的《大堰河　北方》,穆旦的《穆旦诗集》。选本均为原版诗集。

在编选过程中,我们充分尊重原版的用字习惯、编排顺序和编辑体例,除少量外文词句配以简要注释、对原版中发现的用字和标点差错予以订正外,尽量保持原版原貌,希望能给读者带来质朴原味的阅读体验。

编选者志在精编精印,为亲爱的读者提供优质的诗歌版本。

人民文学出版社编辑部

2020年6月

目 录

合唱	003
防空洞里的抒情诗	006
从空虚到充实	009
不幸的人们	016
我	018
智慧的来临	019
还原作用	021
五月	023
潮汐	026
在寒冷的腊月的夜里	029
夜晚的告别	031
我向自己说	034
哀悼	036
小镇一日	038
摇篮歌	043
控诉	046
赞美	051

黄昏	055
洗衣妇	057
报贩	058
春	059
诗八章	060
出发	065
自然底梦	067
幻想底乘客	069
祈神二章	071
诗(一)	075
诗(二)	077
赠别(一)	079
赠别(二)	080
成熟(一)	081
成熟(二)	082
寄——	083
活下去	085
线上	087
鼠穴	089
被围者	091
退伍	094
春天和蜜蜂	097

忆	100
海恋	102
旗	104
流吧,长江的水	106
风沙行	108
甘地	110
给战士	114
野外演习	117
七七	119
先导	121
农民兵(一)	123
农民兵(二)	125
打出去	127
奉献	129
反攻基地	131
通货膨胀	133
一个战士需要温柔的时候	135
森林之魅	137
神魔之争	141

附录

一个中国诗人	王佐良 156

献 给 母 亲①

---

① 《穆旦诗集》,据一九四七年五月沈阳自费出版本排印。

合　唱

其　一

当夜神扑打古国的魂灵,
静静地,原野沉视着黑空,
O 飞奔啊,旋转的星球,
叫光明流洗你苦痛的心胸,
叫远古在你的轮下片片飞扬,
像大旗飘进宇宙的洪荒,
看怎样的勇敢,虔敬,坚忍,
辟出了华夏辽阔的神州。
O 黄帝的子孙,疯狂!
一只魔手闭塞你们的胸膛,
万万精灵已踱出了模糊的
碑石,在守候,渴望里彷徨。
一阵暴风,波涛,急雨——潜伏,
等待强烈的一鞭投向深谷,

埃及,雅典,罗马,从这里殒落,
O这一刻你们在岩壁上抖索!
说不,说不,这不是古国的居处,
O庄严的圣殿,以鲜血祭扫,
亮些,更亮些,如果你倾倒……

其 二

让我歌唱帕米尔的荒原,
用它峰顶静穆的声音,
混然的倾泻如远古的熔岩,
缓缓迸涌出坚强的骨干,
像钢铁编织起亚洲的海棠。
O让我歌唱,以欢愉的心情,
浑圆天穹下那野性的海洋,
推着它倾跌的喃喃的波浪,
像嫩绿的树根伸进泥土里,
它柔光的手指抓起了神州的心房。
当我呼吸,在山河的交铸里,
无数个晨曦,黄昏,彩色的光,
从昆仑,喜马,天山的傲视,
流下了干燥的,卑湿的草原,

当黄河,扬子,珠江终于憩息,
多少欢欣,忧郁,澎湃的乐声,
随着红的,绿的,天蓝色的水,
向远方的山谷,森林,荒漠里消溶。
O 热情的拥抱!让我歌唱,
让我扣着你们的节奏舞蹈,
当人们痛哭,死难,睡进你们的胸怀,
摇曳,摇曳,化入无穷的年代,
他们的精灵,O 你们坚贞的爱!

一九三九,二月。

防空洞里的抒情诗

他向我,笑着,这儿倒凉快,
当我擦着汗珠,弹去爬山的土,
当我看见他的瘦弱的身体
战抖,在地下一阵隐隐的风里。
他笑着,你不应该放过这个消遣的时机,
这是上海的申报,唉,这五光十色的新闻,
让我们坐过去,那里有一线暗黄的光。
我想起大街上疯狂的跑着的人们,
那些个残酷的,为死亡恫吓的人们,
像是蜂拥的昆虫,向我们的洞里挤。

谁知道农夫把什么种子洒在这土里?
我正在高楼上睡觉,一个说,我在洗澡。
你想最近的市价会有变动吗? 府上是?
哦哦,改日一定拜访,我最近很忙。
寂静。他们像觉到了氧气的缺乏,

虽然地下是安全的。互相观望着：
O 黑色的脸,黑色的身子,黑色的手！
这时候我听见大风在阳光里
附在每个人的耳边吹出细细的呼唤,
从他的屋檐,从他的书页,从他的血里。

  炼丹的术士落下沉重的
  眼睑,不觉坠入了梦里,
  无数个阴魂跑出了地狱,
  悄悄收摄了,火烧,剥皮,
  听他号出极乐国的声息。
  O 看,在古代的大森林里,
  那个渐渐冰冷了的僵尸！

我站起来,这里的空气太窒息,
我说,一切完了吧,让我们出去！
但是他拉住我,这是不是你的好友,
她在上海的饭店结了婚,看看这启事！

我已经忘了摘一朵洁白的丁香挟在书里
我已经忘了在公园里摇一只手杖,
在霓虹灯下飘过,听 Love Parade 散播,我忘了用淡紫的墨水,在红茶里加一片柠檬。
当你低下头,重又抬起,
你就看见眼前的这许多人,你看见原野上的那许多人,
　　你看见你再也看不见的无数的人们,
于是觉得你染上了黑色,和这些人们一样。

　　那个僵尸在痛苦地动转,
　　他轻轻地起来烧着炉丹,
　　在古代的森林漆黑的夜里,
　　"毁灭,毁灭"一个声音喊,
　　"你那枉然的古旧的炉丹。
　　死在梦里!坠入你的苦难!
　　听你极乐的嗓子多么洪亮!"

谁胜利了,他说,打下几架敌机?
我笑,是我。
当人们回到家里,弹去青草和泥土,
从他们头上所编织的大网里,
我是独自走上了被炸毁的楼,
而发见我自己死在那儿
僵硬的,满脸上是欢笑,眼泪,和叹息。

　　　　　　　　　　　　一九三九,四月。

从空虚到充实

（一）

饥饿，寒冷，寂静无声，
广漠如流沙，在你脚下……

让我们在岁月流逝的滴响中
固守着自己的孤岛。
无聊？可是让我们谈话，
我看见谁在客厅里一步一步走，
播弄他的嘴，流出来无数火花。

一些影子，愉快又恐惧，
在无形的墙里等待着福音，
"来了！"然而当洪水
张开臂膊向我们呼喊，
这时候我碰见了 Henry 王，

他和家庭争吵了两三天,还带着
潮水上浪花的激动,
疲倦的,走进咖啡店里,
又舒适地靠在松软的皮椅上,
我该,我做什么好呢?他想。
对面是两颗梦幻的眼睛
沉没了,在圈圈的烟雾里,
我不能再迟疑了,烟雾又旋进
脂香里。一只递水果的手
握紧了沉思在眉梢:
我们谈谈吧,我们谈谈吧。
生命的意义和苦难,
　　朱古力,快乐的往日。
于是他看见了
海,那样平静,明亮的啊,
在自己的银杯里在一果敢后,
街上,成队的人们正歌唱,
起来,不愿做奴隶的……
他的血沸腾,他把头埋进手中。

（二）

啊,谁知道我曾怎样寻找
我的一些可怜的化身,
当一阵狂涛涌来了
扑打我,流卷我,淹没我,
从东北到西南我不能
支持了

这儿是一个沉默的女人,
"我不能支持了援救我!"
然而她说的过多了,她旋转
转得太晕了,如今是
张公馆的少奶奶。
这个人是我的朋友,
对我说,你怕什么呢?
这不过是一场梦。这个人
流浪到太原,南京,西安,汉口,
写完"中国的新生",放下笔,
唉,我多么渴望一间温暖的住屋,
和明净的书几!这又是一个人

他的家烧了,痛苦地喊,
战争!战争!在轰炸的时候,
(一片洪水又来把我们淹没,)
整个城市投进毁灭,卷进了
海涛里,海涛里有血
的浪花,浪花上有光。

然而这样不讲理的人我没有见过,
他不是你也不是我,
请进我们得救的华宴吧我说,
这儿有硫磺的气味裂碎的神经。
他笑了,他不懂得忏悔,
也不会饮下这杯回忆,
彷徨,动摇的甜酒。
我想我也许可以得到他的同情,
可是在我们的三段论法里,
我不知道他是谁。

(三)

只有你是我的弟兄,我的朋友,
多久了,我们曾经沿着无形的墙

一块走路。暗暗的,温柔的,
(为了生活也为了幸福,)
再让我们交换冷笑,阴谋,和残酷。
然而什么!

大风摇过林木,
从我们的日记里摇下露珠,
在报纸上汇成了一条细流,
(流不长久也不会流远,)
流过了残酷的两岸,在岸上
我坐着哭泣。
艳丽的歌声流过去了,
祖传的契据流过去了,
茶会后两点钟的雄辩,故园,
黄油面包,家谱,长指甲的手,
道德法规都流去了无情地,
这样深的根它们向我诉苦。
枯寂的大地让我把住你
在泛滥以前,因为我曾是
你的灵魂,得到你的抚养,
我把一切在你的身上安置,
可是水来了,站脚的地方,

也许,不久你也要流去。

(四)

洪水越过了无声的原野,
漫过了山角,切割,暴击;
展开,带着庞大的黑色轮廓,
和恐怖,和我们失去的自己,
死亡的符咒突然碎裂了
发出崩溃的巨响,在一瞬间
我看见了遍野的白骨
旋动,我听见了传开的笑声,
粗野,洪亮,不像我们嘴角上
疲乏的笑,(当世界在我们的
舌尖揉成一颗飞散的小球,
变成白雾吐出,)它张开像一个新的国家,
要从绝望的心里拔出花,拔出草,
我听见这样的笑声在矿山里,
在火线下永远不睡的眼里,
在各样勃发的组织里,
在一挥手里
谁知道一挥手后我们在哪儿?

我们是这样厚待了这些白骨!

德明太太对老张的儿子说,
(他一来到我家我就对他说,)
你爹爹一辈子忠厚老实人,
你好好的我们也不错待你,
可是小张跑了,他的哥哥
(他哥哥比他有出息多了,)
是庄稼人,天天摸黑走回家里,
我常常给他棉絮跟他说,
是这种年头你何必老打你的老婆,
昨天他来请安,带来了他弟弟
战死的消息……

然而这不值得挂念,我知道
一个更紧的死亡追在后头,
因为我听见了洪水,随着巨风,
从远而近,在我们的心里拍打,
吞蚀着古旧的血液和骨肉!

一九三九,九月。

不幸的人们

我常常想念着不幸的人们,
如同暗室的囚徒窥伺着光明,
自从命运和神祇去了主宰,
我们更痛地抚摸着我们的伤痕,
在遗忘的古代里有血肉的战争,
是非和成败到今天还没有断定,
是谁的安排荒诞到让我们讽笑,
笑过了千年,千年中更大的不幸。

诞生以后我们就学习着忏悔,
我们又固执得像无数的真理和牺牲,
这样多的是彼此的过失,
仿佛人类就是愚蠢加上愚蠢——
是谁的分派?一年又一年,
我们共同的天国忍受着割分,
所有的智慧不能够收束起,

最好的愿心已在倾圮下无声。

像一只逃奔的鸟,我们的生活
孤单着,永远在恐惧下进行,
如果这里集腋起一点爱情,
一定的,我们会在那里得到憎恨,
然而在漫长的梦魇惊破的地方,
一切的不幸汇合,像汹涌的海浪,
我们的大陆将被残酷来冲洗,
洗去人间多年的山峦的图案——
是那凝固着我们的血泪和阴影。
而海,这解救我们的猖狂的母亲,
永远地溶解,永远地向我们呼啸,
呼啸着山峦间隔离的儿女们,
无论在黄昏的路上,或从碎裂的心里,
我都听见了她的不可抗拒的声音,
低沉的,摇动在睡眠和睡眠之间,
当我想念着所有不幸的人们。

　　　　　　　　一九四〇,九月。

我

从子宫割裂,失去了温暖,
是残缺的部分渴望着救援,
永远是自己,锁在荒野里,

从静止的梦离开了群体,
痛感到时流,没有什么抓住,
不断的回忆带不回自己,

遇见部分时在一起哭喊,
是初恋的狂喜,想冲出樊篱,
伸出双手来抱住了自己

幻化的形象,是更深的绝望,
永远是自己,锁在荒野里,
仇恨着母亲给分出了梦境。

一九四〇,十一月。

智慧的来临

成熟的葵花朝着阳光移转,
太阳走去时他还有感情,
在被遗留的地方忽然是黑夜,

对着永恒的相片和来信,
破产者回忆到可爱的债主,
刹那的欢乐是他一生的偿付,

然而渐渐看到了运行的星体,
向自己微笑,为了旅行的兴趣,
和他们一一握手自己是主人,

从此便残酷地望着前面,
送人上车,掉回头来背弃了
动人的忠诚,不断分裂的个体

稍一沉思听见失去的生命,
落在时间的激流里,向他呼救。

　　　　　一九四〇,十一月。

还原作用

污泥里的猪梦见生了翅膀,
从天降生的渴望着飞扬,
当他醒来时悲痛地呼喊。

胸里燃烧了却不能起床,
跳蚤,耗子,在他的身上黏着:
你爱我吗?我爱你,他说。

八小时工作,挖成一颗空壳,
荡在尘网里,害怕把丝弄断,
蜘蛛嗅过了,知道没有用处。

他的安慰是求学时的朋友,
三月的花园怎么样盛开,
通信联起了一大片荒原。

那里看出了变形枉然,
开始学习着在地上走步,
一切是无边的,无边的迟缓。

　　　　　一九四〇,十一月。

五　月

　　　五月里来菜花香
　　　布谷流连催人忙
　　　万物滋长天明媚
　　　浪子远游思家乡

勃朗宁,毛瑟,三号手提式,
或是爆进人肉去的左轮,
它们能给我绝望后的快乐,
对着漆黑的枪口,你就会看见
从历史的扭转的弹道里,
我是得到了二次的诞生。
无尽的阴谋;生产的痛楚是你们的,
是你们教了我鲁迅的杂文。

　　　负心儿郎多情女
　　　荷花池旁订誓盟
　　　而今独自倚栏想

落花飞絮满天空

而五月的黄昏是那样的朦朦！
在火炬的行列叫喊过去以后，
谁也不会看见的
被恭维的街道就把他们倾出，
在报上登过救济民生的谈话后，
谁也不会看见的
愚蠢的人们就扑进泥沼里，
而谋害者，凯歌着五月的自由，
紧握一切无形电力的总枢纽。

　　春花秋月何时了
　　郊外墓草又一新
　　昔日前来痛哭者
　　已随轻风化灰尘

还有五月的黄昏轻网着银丝，
诱惑，溶化，捉捕多年的记忆，
挂在柳梢头，一串光明的联想……
浮在空气的小溪里，把热情拉长……
于是吹出些泡沫，我沉到底，
安心守住了你们古老的监狱，
一个封建社会搁浅资本主义的历史里。

> 一叶扁舟碧江上
> 晚霞炊烟不分明
> 良辰美景共饮酒
> 你一杯来我一盅

而我是来飨宴五月的晚餐,
在炮火映出的影子里,
有我交换着敌视,大声谈笑,
我要在你们之上,做一个主人,
直到提审的钟声敲过了十二点。
因为你们知道的,在我的怀里
藏着一个黑色小东西,
流氓,骗子,匪棍,我们一起,
在混乱的街上走——

> 他们梦见铁拐李
> 丑陋乞丐是仙人
> 游遍天下厌尘世
> 一飞飞上九层云

一九四〇,十一月。

潮 汐

（一）

当庄严的神殿充满了贵宾，
朝拜的山路成了天启的教条，
我们知道万有只是干燥的泥土，
虽然，塑在宝座里，他的容貌

仍旧闪着伟业的，降服的光芒，
已在谋害里贪生。而那些有罪的
以无数错误铸成历史的男女，
那些匍匐着献出了神力的

他们终于哭泣了，自动离去了
放逐在正统的，传世的诅咒中，
有的以为是致命的，死在殿里，
有的则跋涉着漫长的路程，

看见到处的繁华原来是地狱，
不能够挣脱，爱情将变做仇恨，
是在自己的废墟上，以卑贱的泥土，
他们匍匐着竖起了异教的神。

（二）

这时候在中原上，唪经的人
像思想和行为一样的离开了贵宾，
表现了正直。而对于那些有罪的，
从经典引出来无穷的憎恨，

重新看见人的力量的伟大，
他战栗，要为自杀的尸首招魂：
宇宙间是充满了太多的血泪，
你们该忏悔，存在一颗宽恕的心。

而愚昧不断地在迫害里伸展，
密集的暗云下不使人放心，
唪经人做了法事，回到孤独里，
庄严的神殿原不过一种猜想，

而雷终于说话了,自杀的尸首
虽然他们也歌唱而且欢欣,
却无奈地随着贵宾和唪经者,
在一个星球上,向着西方移行。

      一九四一,一月。

在寒冷的腊月的夜里

在寒冷的腊月的夜里,风扫着北方的平原,
北方的田野是枯干的,大麦和谷子已经推进了村
　庄,
岁月尽竭了,牲口憩息了,村外的小河冻结了,
在古老的路上,在田野的纵横里闪着一盏灯光,
　　　一副厚重的,多纹的脸,
　　　他想什么?他做什么?
　　在这亲切的,为吱哑的轮子压死的路上。

风向东吹,风向南吹,风在低矮的小街上旋转,
木格的窗纸堆着沙土,我们在泥草的屋顶下安眠,
谁家的儿郎吓哭了,哇—呜—呜—从屋顶传
　过屋顶,
他就要长大了渐渐和我们一样地躺下,一样地打
　鼾,
　　　从屋顶传过屋顶,风

这样大岁月这样悠久,
　我们不能够听见,我们不能够听见。

火熄了么？红的炭火拨灭了么？一个声音说,
我们的祖先是已经睡了,睡在离我们不远的地方,
所有的故事已经讲完了,只剩下了灰烬的遗留,
在我们没有安慰的梦里,在他们走来又走去以后,
　　在门口,那些用旧了的镰刀,
　锄头,牛轭,石磨,大车,
静静地,正承接着雪花的飘落。

　　　　　　　　一九四一,二月。

夜晚的告别

她说再见,一笑带上了门,
她是活泼,美丽,而且多情的,
在门外我听见了一个声音,
风在怒号,海上的舟子嘶声的喊:
什么是你认为真的,美的,善的?
什么是你的理想的探求?
一付毒剂。我们失去了安乐。

风粗暴地吹打,海上这样凶险,
我听不见她的细弱的呼求了,
风粗暴地吹打,当我
在冷清的街道一上一下,
多少亲切的,可爱的,微笑的,
是这样的面孔让她向我说,
你是冷酷的。你是不是冷酷的?

我是太爱,太爱那些面孔了,
他们谄媚我,耳语我,讽笑我,
鬼脸,阴谋,和纸糊的假人,
使我的一拳落空,使我想起
老年人将怎样枉然的太息。
因为青春是短促的。当她说,
你是冷酷的。你是不是冷酷的?

一个活泼,美丽,多情的女郎,
她愿意知道海上的风光,
那些坦白后的激动和心跳,
热情的眼泪,互助,温暖……
谁知道,在海潮似的面孔中,
也许将多了她的动人的脸——
我不奇异。这样的世界没有边沿。

在冷清街道上,我独自
走回多少次了:多情的思索
是不好的,它要给我以伤害,
当我有了累赘的良心。
嘶声的舟子驾驶着船,

他不能倾覆和人去谈天,
在海底,一切是那样的安闲!

　　　　　一九四一,三月。

我向自己说

我不再祈求那不可能的了,上帝,
当可能还在不可能的时候,
生命的变质,爱的缺陷,纯洁的冷却,
这些我都承继下来了,我所祈求的

因为越来越显出了你的威力,
从学校一步就跨进你的教堂里,
是在这里过去变成了罪恶,
而我匍匐着,在命定的绵羊的地位,

不不,虽然我已渐渐被你摧毁了,
虽然我已知道了学校的残酷
在无数的绝望以后,别让我
把那些课程在你的坛下忏悔,

虽然不断的暗笑在周身传开,

而恩赐我的人绝望地叹息,
不不,当可能还在不可能的时候,
我仅存的血正在毒恶地澎湃。

      一九四一,三月。

哀　悼

是这样广大的病院,
O 太阳一天的旅程!
我们为了至大的欢乐,
这里跪拜,那里去寻找,
我们的心哭泣着,枉然。

O,那里是我们的医生?
躲远! 他有他自己的病症,
一如我们每日的传染。
人世的幸福在于欺瞒
达到了一个和谐的顶尖。

O 爱情,O 希望,O 勇敢,
你使我们拾起又唾弃,
唾弃了,我们自己受了伤!

我们停下来没有救治,
我们走去,O 无边的荒凉!

    一九四一,七月。

小镇一日

在荒山里有一条公路,
公路扬起身,看见宇宙,
像忽然感到了无限的苍老;
在谷外的小平原上,有树,
有树荫下的茶摊,
有茶摊旁聚集的小孩,
这里它歇下来了,在长长的
绝望的叹息以后,
重又着绿,舒缓,生长。

可怜的渺小。凡是路过这里的
也暂时得到了世界的遗忘:
那幽暗屋檐下穿织的蝙蝠,
那染在水洼里的夕阳,
和那个杂货铺的老板,
一脸的智慧,慈祥,

他向我说"你先生好呵,"
我祝他好,他就要路过
从年青的荒唐
到那小庙旁的山上,
和韦护,韩湘子,黄三姑,
同来拔去变成老树的妖精,
或者在夏夜,满天星,
故意隐约着,恫吓着行人。

现在他笑着,他说,
(指着一个流鼻涕的孩子,
一个煮饭的瘦小的姑娘,
和吊在背上的憨笑的婴孩,)
"咳,他们耗去了我整个的心!"
一个渐渐地学会插秧了,
就要成为最勤快的帮手,
就要代替,主宰,我想,
像是无记录的帝室的更换。
一个,谁能够比她更为完美?
缝补,挑水,看见媒婆,
也会低头跑到邻家,
想一想,疑心每一个年青人,

虽然命运是把她嫁给了
呵,城市人的蔑视?或者是
一如她未来的憨笑的婴孩,
永远被围在百年前的
梦里,不能够出来!

一个旅人从远方而来,
又走向远方而去了,
这儿,他只是站站脚,
看一看蔚蓝的天空
和天空中升起的炊烟,
他知道,这不过是时间的浪费,
仿佛是在办公室,他抬头
看一看壁上油画的远景,
值不得说起,也没有名字,
在他日渐繁复的地图上,
沉思着,互扭着,然而黄昏
来了,吸净了点和线,
当在城市和城市之间,
落下了广大的,甜静的黑暗。
没有观念,也没有轮廓,
在虫声里,田野,树林,

和石铺的村路有一个声音,
如果你走过,你知道,
朦胧的,郊野在诱唤
老婆婆的故事,——
很久了。异乡的客人
怎能够听见?那是讲给
迟归的胆怯的农人,
那是美丽的,信仰的化身。
他惊奇,心跳,或者奔回
从一个妖仙的王国
穿进了古堡似的村门,
在那里防护的,是微菌,
疾病,和生活的艰苦。
皱眉吗?他们更不幸吗,
比那些史前的穴居的人?
也许,因为正有歇晚的壮汉
是围在诅咒的话声中,
也许,一切的挣扎都休止了,
只有鸡,狗,和拱嘴的小猪,
从它们白日获得的印象,
迸出了一些零碎的
鼾声和梦想。

所有的市集的嘈杂,
流汗,笑脸,叫骂,骚动,
当公路渐渐地向远山爬行,
别了,我们快乐地逃开
这旋转在贫穷和无知中的人生。
我们叹息着,看着
在朝阳下,五光十色的,
一抹白雾下笼罩的屋顶,
抗拒着荒凉,丛聚着,
就仿佛大海留下的贝壳,
是来自一个刚强的血统。
从一个小镇旅行到大城,先生,
变换着年代,你走进了
文明的顶尖——
在同一的天空下也许
回忆起终年的斑鸠,
鸣转在祖国的深心,
当你登楼,憩息,或者躺下
在一只巨大的黑手上,
这影子,是正朝向着那里爬行。

一九四一,七月。

摇 篮 歌

——赠阿咪

流呵,流呵,
馨香的体温,
安静,安静,
流进宝宝小小的生命,
你的开始在我的心里,
　当我和你的父亲
　　洋溢着爱情。

合起你的嘴来呵,
别学成人造做的声音,
让我的被时流冲去的面容
远远亲近着你的,乖乖!
　去了,去了
　　我们多么羡慕你
　　　柔和的声带。

摇呵,摇呵,
　　　初生的火焰,
　虽然我黑长的头发把你覆盖,
　虽然我把你放进小小的身体,
　你也就要来了,来到成人的世界里,
　　　摇呵,摇呵,
　　　我的忧郁,我的欢喜。

　　　来呵,来呵,
　　　无事的梦,
　　　　轻轻,轻轻,
　落上宝宝微笑的眼睛,
　等长大了你就要带着罪名,
　　　从四面八方的嘴里
　　　笼罩来的批评。

但愿你有无数的黄金
使你享到美德的永存,
　　一半掩遮,一半认真,
　　　睡呵,睡呵,
　　在你的隔离的世界里,

别让任何敏锐的感觉
使你迷惑,使你苦痛。

睡呵,睡呵,我心的化身,
恶意的命运已和你同行,
它就要和我一起抚养
你的一生,你的纯净。
  去吧,去吧,
   为了幸福,
    宝宝,先不要苏醒。

      一九四一,十月。

控 诉

(一)

冬天的寒冷聚集在这里,朋友,
对于孩子一个忧伤的季节,
因为他还笑着春天的笑容——
当勇敢的穿过落叶之中

瑟缩,变小,骄傲于自己的血;
为什么世界剥落在遗忘里,
去了去了是彼此的召呼,
和那充满了浓郁信仰的空气。

而有些走在残酷的土地上
跋涉着经验,失迷的灵魂
再不能安于一个角度
的温暖,怀乡的痛楚枉然;

有些关起了心里的门窗,
逆着风,走上失败的路程,
虽然他们忠实在任何情况,
春天的花朵,落在时间的后面;

因为我们的背景是千万人民,
悲惨,热烈,或者愚昧地,
他们和恐惧并肩而战争,
自私的,是被保卫的那些个城:

我们看见无数的耗子,人——
避开了,计谋着,走出来,
压榨了勇敢的,或者捐助
财产获得了荣名,社会的梁木,

我们看见,这样现实的态度
强过你任何的理想,只有它
不毁于战争。服从,喝彩,受苦,
是哭泣的良心唯一的责任——

无声。在这样的背景前,

冷风吹进了今天和明天,
冷风吹散了我们长住的
永久的家乡和暂时的旅店。

(二)

我们做什么?我们做什么?
生命永远诱惑着我们
在苦难里,渴寻安乐的陷阱,
唉,为了它只一次,不再来临;

也是立意的复仇,终于合法地
自己的安乐践踏在别人心上
的蔑视,欺凌,和嫉妒里,
虽然陷下,彼此的损伤。

或者半死?每天侵来的欲望
隔离它,勉强在腐烂里寄生,
假定你的心里是有一座石像,
刻画它,刻画它,用省下的力量,

而每天的报纸将使它吃惊,

以恫吓来劝说它顺流而行,
也许它就要感到不支了,
倾倒,当世的讽笑;

但不能断定它就是未来的神,
这痛苦了我们整日,整夜,
零星的知识已使我们不再信任
血里的爱情,而其残缺

我们为了补救,安全的流放,
什么也不做,因为什么也不信仰,
阴霾的日子,在知识的期待中,
我们想着那样有力的童年。

这是死。历史的矛盾压着我们,
平衡;毒戕我们每一个冲动。
那些盲目的会发泄他们所想的,
而智慧使我们懦弱无能。

我们做什么?我们做什么?
O 谁该负责这样的罪行:

一个平凡的人,里面蕴藏着
无数的暗杀,无数的诞生。

      一九四一,十月。

赞　美

走不尽的山峦的起伏,河流和草原,
数不尽的密密的村庄,鸡鸣和狗吠,
接连在原是荒凉的亚洲的土地上,
在野草的茫茫中呼啸着干燥的风,
在低压的暗云下唱着单调的东流的水,
在忧郁的森林里有无数埋藏的年代
它们静静的和我拥抱:
说不尽的故事是说不尽的灾难,沉默的,
是爱情,是在天空飞翔的鹰群,
是忧伤的眼睛期待着泉涌的热泪,
当不移的灰色的行列在遥远的天际爬行;
我有太多的话语,太悠久的感情,
我要以荒凉的沙漠,坎坷的小路,骡子车,
我要以槽子船,蔓山的野花,阴雨的天气,
我要以一切拥抱你,你
我到处看见的人民呵,

在耻辱里生活的人民,佝偻的人民,
我要以带血的手和你们一一拥抱,
因为一个民族已经起来。

一个农人,他粗糙的身躯移动在田野中,
他是一个女人的孩子,许多孩子的父亲,
多少朝代在他的身上升起又降落了
而把希望和失望压在他身上,
而他永远无言地跟在犁后旋转,
翻起同样的泥土溶解过他祖先的,
是同样的受难的形象凝固在路旁。
在大路上多少次愉快的歌声流过去了,
多少次跟来的是临到他的忧患,
在大路上人们演说,叫嚣,欢快,
然而他没有,他只放下了古代的锄头,
再一次相信名辞,溶进了大众的爱,
坚定地,他看见自己移进死亡里,
而这样的路是无限的悠长的,
而他是不能够流泪的,
他没有流泪,因为一个民族已经起来。

在群山的包围里,在蔚蓝的天空下,

在春天和秋天经过他家园的时候，
在幽深的谷里隐着最含蓄的悲哀：
一个老妇期待着孩子，许多孩子期待着
饥饿，而又在饥饿里忍耐，
在路旁仍是那聚集着黑暗的茅屋，
一样的是不可知的恐惧，一样的是
大自然中那侵蚀着生活的泥土，
而他走去了从不回头诅咒。
为了他我要拥抱每一个人，
为了他我失去了拥抱的安慰，
因为他，我们是不能给以幸福的，
痛苦吧，让我们在他的身上痛苦吧，
因为一个民族已经起来。

一样的是这悠久的年代的风，
一样的是从这倾圮的屋檐下散开的
无尽的呻吟和寒冷，
它歌唱在一片枯槁的树顶上，
它吹过了荒芜的沼泽，芦苇和虫鸣，
一样的是这飞过的乌鸦的声音，
当我走过，站在路上踟蹰，
我踟蹰着为了多年耻辱的历史

仍在这广大的山河中等待,
等待着,我们无言的痛苦是太多了,
然而一个民族已经起来,
然而一个民族已经起来。

      一九四一,十二月。

黄　昏

逆着太阳，我们一切影子就要告别了。
一天的侵蚀也停止了，像惊骇的鸟
欢笑从门口逃出来，从化学原料，
从电报条的紧张和它拼凑的意义，
从我们辩证的唯物的世界里，
欢笑悄悄地踱出在城市的路上
浮在时流上吸饮。O 现实的主人，
来到神奇里歇一会儿吧，枉然的水手，
可以凝止了。我们的周身已是现实的倾覆，
突立的树和高山，淡蓝的空气和炊烟，
是上帝的建筑在刹那中显现，
这里，生命另有它的意义等你揉圆。
你没有抬头吗看那燃烧着的窗？
那满天的火舌就随一切归于黯淡，
O 让欢笑跃出在灰尘外翱翔，

当太阳,月亮,星星,伏在燃烧的窗外,
在无边的夜空等我们一块儿旋转。

　　　　　　　　一九四一,十二月。

洗 衣 妇

一天又一天,你坐在这里,
重复着,你的工作终于
枉然,因为人们自己
是脏污的,分泌的奴隶!
飘在日光下的鲜明的衣裳,
你的慰藉和男孩女孩的
好的印象,多么快就要
暗中回到你的手里求援。
于是世界永远的光烫,
而你的报酬是无尽的日子
在痛苦的洗刷里
在永久不反悔里永远地循环。
你比你的主顾要洁净一点。

一九四一,十二月。

报　贩

这样的职务是应该颂扬的：
我们小小的乞丐，宣传家，信差，
一清早就学习翻跟斗，争吵，期待——
只为了把"昨天"写来的公文
放到"今天"的生命里，燃烧，变灰。

而整个城市在早晨八点钟
摇摆着如同风雨摇过松林，
当我们吃着早点我们的心就
承受全世界踏来的脚步——沉落，
在太阳刚刚上升的雾色之中。

这以后我们就忙着去沉睡，
一处又一处，我们的梦被集拢着
直到你们喊出来使我们吃惊。

一九四一，十二月。

春

绿色的火焰在草上摇曳,
他渴求着拥抱你,花朵。
反抗着土地,花朵伸出来,
当暖风吹来烦恼,或者欢乐。
如果你是醒了,推开窗子,
看这满园的欲望多么美丽。

蓝天下,为永远的谜迷惑着
是我们二十岁的紧闭的肉体,
一如那泥土做成的鸟的歌,
你们被点燃,卷曲又卷曲,却无处归依。
呵,光,影,声,色,都已经赤裸,
痛苦着,等待伸入新的组合。

一九四二,二月。

诗 八 章

（一）

你底眼睛看见这一场火灾，
你看不见我，虽然我为你点燃；
唉，那燃烧着的不过是成熟的年代，
你底，我底。我们相隔如重山！

从这自然底蜕变底程序里，
我却爱了一个暂时的你。
即使我哭泣，变灰，变灰又新生，
姑娘，那只是上帝玩弄他自己。

（二）

水流山石间沉淀下你我，
而我们成长，在死底子宫里。

在无数的可能里一个变形的生命
永远不能完成他自己。

我和你谈话,相信你,爱你,
这时候就听见我的主暗笑,
不断的他添来另外的你我,
使我们丰富而且危险。

(三)

你底年龄里的小小野兽,
它和春草一样地呼吸,
它带来你底颜色,芳香,丰满,
它要你疯狂在温暖的黑暗里。

我越过你大理石的理智底殿堂,
而为它埋藏的生命珍惜;
你我的手底接触是一片草场,
那里有它底固执,我的惊喜。

(四)

静静地，我们拥抱在
用言语所能照明的世界里，
而那未成形的黑暗是可怕的，
那可能和不可能的使我们沉迷。

那窒息着我们的
是甜蜜的未生即死的言语，
它底幽灵笼罩，使我们游离，
游进混乱的爱底自由和美丽。

(五)

夕阳西下，一阵微风吹拂着田野，
是多么久的原因在这里积累。
那移动了景物的移动我底心
从最古老的开端流向你，安睡。

那形成了树木和屹立的岩石的
将使我此时的渴望永存；

一切在它底过程中流露的美
教我爱你的方法,教我变更。

(六)

相同和相同溶为怠倦,
在差别间又凝固着陌生;
是一条多么危险的窄路里
我制造自己在那上旅行。

他存在,听从我底指使,
他保护,而把我留在孤独里,
他底痛苦是不断地寻求
你底秩序,求得了又必须背离。

(七)

风暴,远路,寂寞的夜晚,
丢失,记忆,永续的时间,
所有科学不能祛除的恐惧
让我在你底怀里得到安憩——

呵,在你底不能自主的心上,
你底随有随无的美丽的形象,
那里,我看见你孤独的爱情
笔立着,和我底平行着生长!

(八)

再没有更近的接近,
所有的偶然在我们间定型;
只有阳光透过缤纷的枝叶
分在两片情愿的心上,相同。

等季候一到,就要各自飘落,
而赐生我们的巨树永青,
它对我们的不仁的嘲弄
(和哭泣)在合一的老根里化为平静。

一九四二,二月。

出　发

告诉我们和平又必需杀戮，
而那可厌的我们先得去欢喜。
知道了"人"不够，我们再学习
蹂躏它的方法，排成机械的阵式，
智力体力蠕动着像一群野兽，

告诉我们这是新的美。因为
我们吻过的已经失去了自由；
好的日子去了，可是接近未来，
给我们失望和希望，给我们死，
因为那死的制造必需摧毁，

给我们善感的心灵又要它歌唱
僵硬的声音。个人的哀喜
被大量制造又该被蔑视
被否定，被僵化，是人生的意义；

在你底计划里有毒害的一环，

就把我们囚进现在，呵上帝！
在犬牙的甬道中让我们反复
行进，让我们相信你句句的紊乱
是一个真理。而我们是皈依的，
你给我们丰富，和丰富底痛苦。

　　　　　　　　一九四二，二月。

自然底梦

我曾经迷误在自然底梦中,
我底身体由白云和花草做成,
我是吹过林木的叹息,早晨底颜色,
当太阳染给我刹那的年青,

那不常在的是我们拥抱的情怀,
它让我甜甜的睡:一个少女底热情,
使我这样骄傲又这样的柔顺。
我们谈话,自然底朦胧的呓语,

美丽的呓语把它自己说醒,
而将我暴露在密密的人群中,
我知道它醒了正无端地哭泣。
鸟底歌,水底歌,正绵绵地回忆,

因为我曾年青的一无所有,

施与者领向人世的智慧皈依,
而过多的忧思现在才刻露了
我是有过蓝色的血,星球底世系。

     一九四二,十一月。

幻想底乘客

从幻想底航线卸下的乘客,
永远走上了错误的一站,
而他,这个铁掌下的牺牲者,
当他意外地投进别人的愿望,

多么迅速他底光辉的概念
已化成琐碎的日子不忠而纤缓,
是巨轮的一环他渐渐旋进了
一个奴隶制度附带一个理想,

这里的恩惠是彼此恐惧,
而温暖他的是自动的流亡,
那使他自由的只有忍耐的微笑,
秘密地回转,秘密的绝望。

亲爱的读者,你就会赞叹:

爬行在懦弱的,人和人的关系间,
化无数的恶意为自己营养,
他已开始学习做主人底尊严。

     一九四二,十二月。

祈神二章

（一）

如果我们能够看见他
如果我们能够看见
不是这里或那里的苗生
也不是时间能够占领或者放弃的，

如果我们能够给出我们的爱情
不是射在物质和物质间把它自己消损，
如果我们能够洗涤
我们小小的恐惧我们的惶惑和暗影
放在大的光明中，

如果我们能够挣脱
欲望的暗室和习惯的硬壳
迎接他——

如果我们能够尝到
不是一层甜皮下的经验的苦心,

他是静止的生出动乱,
他是众力的一端生出他的违反。
O 他给安排的歧路和错杂!
为了我们倦了以后渴求
原来的地方。
他是这样的喜爱我们
他让我们分离
他给我们一点权力等它自己变灰,
O 他正等我们以损耗的全热
投回他慈爱的胸怀。

(二)

如果我们能够看见他
如果我们能够看见
我们的童年所不意拥有的
而后远离了,却又是成年一切的辛劳
同所寻求失败的,

如果人世各样的尊贵和华丽
不过是我们片面的窥见所赋予
如果我们能够看见他
在欢笑后面的哭泣哭泣后面的
最后一层欢笑里,

在虚假的真实底下
那真实的灵活的源泉,
如果我们不是自禁于
我们费力与半真理的密约里
期望那达不到的圆满的结合,

在我们的前面有一条道路
在道路的前面有一个目标
这条道路引导我们又隔离我们
走向那个目标,
在我们黑暗的孤独里有一线微光
这一线微光使我们留恋黑暗
这一线微光给我们幻象的骚扰
在黎明确定我们的虚无以前

如果我们能够看见他

如果我们能够看见……

      一九四三,三月。

诗（一）

我们没有援助，每人在想着
他自己的危险，每人在渴求
荣誉，快乐，爱情的永固，
而失败永远在我们的身边埋伏，

它发掘真实，这生来的形象
我们畏惧从不敢显露；
站在不稳定的点上，各样机缘的
交错，是我们求来的可怜的

幸福，我们把握而没有勇气，
享受没有安宁，克服没有胜利，
我们永在扩大那既有边沿
才能隐藏一切，不为真实陷入。

这一片地区就是文明的社会
所开辟的。呵,这一片繁华
虽然给年青的血液充满野心,
在它的主人间却吹着疲倦的冷风!

诗（二）

永在的光呵，尽管我们扩大，
看出去，想在经验里追寻，
终于生活在可怕的梦魇里，
一切不真实，甚至我们的哭泣

也只能重造哭泣，自动地
被推动于紊乱中，我们的肃清
也成了紊乱，除了内心的爱情
虽然它永远随着错误而诞生，

是唯一的世界把我们溶和，
直到我们追悔，屈服，使它僵化，
它的光消殒。我常常看见
那永不甘心的刚强的英雄，

人子呵,弃绝了一个又一个谎,
你就弃绝了欢乐:还有什么
更能使你留恋的,除了走去
向着一片荒凉,和悲剧的命运!

       一九四三,五月。

赠 别(一)

多少人的青春在这里迷醉,
然后走上熙攘的路程,
朦胧的是你的怠倦,云光,和水,
他们的自己丢失了随着就遗忘,

多少次了你的园门开启,
你的美繁复,你的心变冷,
尽管四季的歌喉唱得多好,
当无翼而来的夜露凝重——

等你老了,独自对着炉火,
就会知道有一个灵魂也静静的,
他曾经爱过你的变化无尽,
旅梦碎了,他爱你的愁绪纷纷。

赠　别（二）

每次相见你闪来的倒影
千万端机缘和你的火凝成,
已经为每一分每一秒的事体
在我的心里碾碎无形,

你的跳动的波纹,你的空灵
的笑,我徒然渴想拥有,
它们来了又逝去在神的智慧里,
留下的不过是我曲折的感情,

看你去了,在无望的追想中,
这就是为什么我常常沉默:
直到你再来,以新的火
摒挡我所嫉妒的时间的黑影。

一九四四,六月。

成　熟（一）

　　每一清早这静谧的市街，
　　不知道痛苦它就要来临，
　　每个孩子的啼哭，每个苦力
　　他的无意伸诉的沉默的脚步，
　　和那投下阴影的高耸的楼基，
　　同向最初的阳光里混入脏污。

　　那比劳作高贵的女人的裙角
　　还静静的叠有昨夜的世界，
　　从中心压下挤在边沿的人们
　　已准确的踏进八小时的房屋，
　　这些我都看见了是一个阴谋，
　　随着每日的阳光使我们成熟。

成　熟（二）

扭转又扭转,这一颗烙印
终于带着伤打上他全身,
有翅膀的飞翔,有阳光的
滋长,他追求而跌进黑暗。
四壁是传统,是有力的
白天,支持一切它胜利的习惯。

新生的希望被压制,被扭转,
等粉碎了他才能安全;
年青的学得聪明,年老的
因此也继续他们的愚蠢,
未来在敌视中。痛苦在于
那改变明天的已为今天所改变。

一九四四,六月。

寄——

海波吐着沫溅在岩石上，
海鸥寂寞的翱翔，它宽大的翅膀
从岩石升起，拍击着，没入碧空。
无论在多雾的晨昏，或在日午，
姑娘，我们已听不见这亘古的乐声，

任脚步走向东，走向西，走向南，
我们已走不到那辽阔的青绿的草原，
林间仍有等你入睡的地方，蜜蜂
仍在嗡营，茅屋在流水的湾处静止，
姑娘，草原上的浓郁仍这样的向我们呼唤，

因为每日每夜，当我守在窗前，
姑娘，我看见我是失去了过去的日子像烟，
微风不断的扑面，但我已和它渐远；

我多么渴望和它一起,流过树顶
飞向你,把灵魂里的霉锈抛扬!

      一九四四,八月。

活下去

活下去,在这片危险的土地上,
活在成群死亡的降临中,
当所有的幻象已变狰狞所有的力量已经
如同暴露的大海
凶残摧毁凶残,
如同你和我都渐渐强壮了却又死去
那永恒的人。

弥留在生的烦扰里,
在淫荡的颓败的包围中,
看!那里已奔来了即将解救我们一切的
饥寒的主人;
而他已经鞭击,
而那无声的黑影已在苏醒和等待
午夜里的牺牲。

希望,幻灭,希望,再活下去
在无尽的波涛的淹没中,
谁知道时间的沉重的呻吟就要堕落在
于诅咒里成形的
日光闪耀的岸沿上;
孩子们呀,请看黑夜中的我们正怎样孕育
难产的圣洁的感情。

        一九四四,九月。

线　上

人们说这是他所选择的，
自然的赐与太多太危险，
他捞起一枝笔或是电话机，

八小时躲开了阳光和泥土，
十年二十年在一件事的末梢上，
在人世的吝啬里，要找到安全，

学会了被统治才可以统治，
前人的榜样，忍耐和爬行，
长期的茫然后他得到奖章，

那无神的眼！那陷落的两肩！
痛苦的头脑现在已经安分，
那就要燃尽的蜡烛的火焰！

在摆着无数方向的原野上,
这时候,他一生担当过的事情
碾过他,却只碾出了一条细线。

　　　　　　一九四五,二月。

鼠　穴

我们的父亲,祖父,曾祖,
多少古人借他们还魂,
多少个骷髅露齿冷笑,
当他们探进丰润的面孔,
计议,诋毁,或者祝福,

虽然他们现在是死了,
虽然他们从没有活过,
却已留下了不死的记忆,
当我们乞求自己的生活,
在形成我们的一把灰尘里,

我们是沉默,沉默,又沉默,
在祭祖的发霉的顶楼里,
用嗅觉摸索一定的途径,
有一点异味我们逃跑,

我们的话声说在背后,

有谁敢叫出不同的声音?
不甘于恐惧,他终要被放逐,
这个恩给我们的仇敌,
一切的繁华是我们做出,
我们被称为社会的砥柱,

因为,你知道,我们是
不败的英雄,有一条软骨,
我们也听过什么是对错,
虽然我们是在啃啮,啃啮
所有的新芽和旧果。

一九四一,三月。

被 围 者

（一）

这是什么地方？年青的时间
每一秒白热而不能等待，
堕下来成了你不要的形状。
天空的流星和水，那灿烂的
焦躁，到这里就成了今天
一片砂砾。我们终于看见
过去的都已来就范，所有的暂时
相结起来是这平庸的永远。

呵，这是什么地方？不是少年
给我们幻想的，也不是老年
在我们这样容忍又容忍以后
就能采撷的果园。在阴影下
你终于生根，在不情愿里，

终于成形。如果我们能冲出,
勇士呵,如果敢于使人们失望,
别让我们拖延在这里相见!

(二)

看,青色的路从这里伸出
而又回归。那自由广大的面积,
风的横扫,海的跳跃,旋转着
我们的神智:一切的行程
都不过落在这敌意的地方。
在这渺小的一点上:最好的
露着空虚的眼,最快乐的
死去,死去但没有一座桥梁。

一个圆,多少年的人工,
我们的绝望将使它完整。
毁坏它,朋友!让我们自己
就是它的残缺,比平庸要坏:
闪电和雨,新的气温和希望
才会来灌注:推倒一切的尊敬!
因为我们已是被围的一群,

我们翻转,才有新的土地觉醒。
……

      一九四五,二月。

退 伍

城市的夷平者,回到城市来,
没有个性的兵,重新恢复一个人,
战争太给你寂寞,可是回想
那钢铁的伴侣也给你欢乐,

这里却不成:陌生还是陌生,
没有燃烧的字,可以为它舍命,
也没有很快的亲切,孩子般的无耻,
那里全打破这里的平庸,

也没有从危险逼出的幻想,
习惯于接受,人们自私的等待,
而且腐烂,没有方法生活,
城市的保卫者,回到母亲的胸怀:

过去是死,现在渴望再生,

过去是分离违反着感情,
但是我们的胜利者回来看见失败,
和平的给与者,你也许不能

立刻回到和平,在和平里粉碎,
由不同的每天变为相同,
毫未准备,死难者生还的伙伴,
你未来的好日子隐藏着敌人。

我们在摸索:没有什么可以并比,
当你们巨大的意义忽然结束;
要恢复自然,在行动后的空虚里,
要换下制服,热血的梦想者

虽然有点苍老,也许反不如穿上
那样容易;过去有牺牲的欢快,
现在则是日常生活,现在要拾起
过去遗弃的,虽然是回到我们当中!

辛苦过的弟兄,你却有点隔膜,
想着年青的日子在那些有名的地方,

因为是在一次人类的错误里,包括你自己,
从战争回来的,你得到难忘的光荣。

　　　　　　　　一九四五,四月。

春天和蜜蜂

春天是人间的保姆,
带领一切到秋天成熟,
劝服你用温暖的阳光,
用风和雨,使土地重复,
林间的群鸟于是欢叫,
村外的小河也开始忙碌。

我们知道它向东流,
那扎根水稻已经青青,
红色的花朵开出墙外,
因此燃着了路人的心,
春天的邀请,万物都答应,
说不的只有我的爱情。

那是一片嗡营的树荫,
我的好姑娘居住其中,

你过河找她并不容易,
因为她家有一窠蜜蜂,
你和她讲话,也许枉然,
因为她听着它们的嗡营,

好啦,你只有帮她喂养
那叮人的,有翅的小虫,
直到丁香和紫荆开花,
我的日子就这样断送:
我的话还一句没有出口,
蜜蜂的好梦却每天不同。

我的埋怨还没有说完,
秋风来了把一切变更,
春天的花朵你再也不见,
乳和蜜降临,一切都安静,
只有我的说不的爱情,
还在园里不断的嗡营。

直到好姑娘她忽然叹息,
那缓慢的蜗牛才又爬行,
既然一切由上帝安排,

你只有高兴,你只有等,
冬天已在我们的发上,
是那时我得到她的应允。

    一九四五,四月。

忆

多少年的往事,当我静坐,
一齐浮上我的心来,
一如这四月的黄昏,在窗外,
揉合着香味与烦扰,使我忽而凝住——
一朵白色的花,张开,在黑夜的
和生命一样刚强的侵袭里,
主呵,这一刹那间,吸取我的伤感和赞美。

在过去那些时候,我是沉默,
一如窗外这些排比成列的
都市的楼台,充满了罪过似的空虚,
我是沉默一如到处的繁华
的乐声,我的血追寻它跳动,
但是那沉默聚起的沉默忽然鸣响,
当华灯初上,我黑色的生命和主结合。

是更巨烈的骚扰,更深的
痛苦。那一切把握不住而却站在
我的中央的,没有时间哭,没有
时间笑的消失了,在幽暗里,
在一无所有里如今却见你隐现。
主呵!掩没了我爱的一切,你因而
放大光彩,你的笑刺过我的悲哀。

      一九四五,四月。

海　恋

蓝天之漫游者,海的恋人,
给我们鱼,给我们水,给我们
燃起夜星的,疯狂的先导,
我们已为沉重的现实闭紧。

自由一如无迹的歌声,博大
占领万物,是欢乐之欢乐,
表现了一切而又归于无有,
我们却残留在微末的具形中。

比现实更真的梦,比水
更湿润的思想,在这里枯萎,
青色的魔,跳跃,从不休止,
路的创造者,无路的旅人,

从你的眼睛看见一切美景,

我们却因忧郁而更忧郁,
踏在脚下的太阳,未成形的
力量,我们丰富的无有,歌颂:

日以继夜,那白色的鸟的回翔,
在知识以外,那山外的群山,
那我们不能拥有的,你已站在中心,
蓝天之漫游者,海的恋人!

一九四五,四月。

旗

我们都在下面,你在高空飘扬,
风是你的身体,你和太阳同行,
常想飞出物外,却为地面拉紧,

是写在天上的话,大家都认识,
又简单明确,又博大无形,
是英雄们的游魂活在今日,

你渺小的身体是战争的动力,
战争过后,而你是唯一的完整,
我们化成灰,光荣由你留存,

太肯负责任,我们有时茫然,
资本家和地主拉你来解释,
用你来取得众人的和平,

是大家的心，可是比大家聪明，
带着清晨来，随黑夜而受苦，
你最会说出自由的欢欣，

四方的风暴，由你最先感受，
是大家的方向，因你而胜利固定，
我们爱慕你，如今属于人民。

一九四五，四月。

流吧,长江的水

流吧,长江的水,缓缓的流,
玛格丽就住在岸沿的高楼,
她看着你,当春天尚未消逝,
流吧,长江的水,我的歌喉。

多么久了,一季又一季,
玛格丽和我彼此的思念,
你是懂得的,虽然永远沉默,
流吧,长江的水,缓缓的流。

这草色青青,今日一如往日,
还有鸟啼,霏雨,金黄的花香,
只是我们有过的已不能再有,
流吧,长江的水,我的烦忧。

玛格丽还要从楼窗外望,

那时她的心里已很不同,
那时我们的日子全已忘记,
流吧,长江的水,缓缓的流。

     一九四五,五月。

风 沙 行

男儿的雄心伸向四方,

但玛格丽却常在我的心头。

多少日子过去了,全已经模糊,

只有和玛格丽相约的一刻,

急驰的马儿,扬起四蹄的尘土,

飞速的奔向更飞速的欢乐,

如今却在苍茫的大野停留。

爱娇的是玛格丽的身体,

更为雅致的是她小小的居处,

但是我只有和风沙相恋,

夜落草木,那就是我今日的歇宿。

我渴望有一天能够回返,

再去看玛格丽在她的高楼,

这一只马儿,你再为我急驰,

虽然年青的日子已经去远,
但玛格丽却常在我的心头。

　　　　　一九四五,五月。

甘 地

(一)

行动是中心,于是投进错误的火焰中,
在此时此地的屈辱里,要教真理成形,
一个巨大的良心承受四方的风暴,因爱
而遍受伤痕,受伤而自忏悔,
甘地,骄傲的灵魂,他站得最低。

(二)

左右都是懦弱:压制者的伪善
呼喊不出来,因为被压制者自己
就维护伪善,自古以奴役为榜样。
攻击前面的,罪恶自后面携手,
甘地唯有勇敢的和上帝同行,使众人忏悔。

（三）

把自己交给主,回到农村和土地,
饥饿的印度,无助的印度,是在那里包藏,
他把他们暴露出来,为了向他们求乞。
麻痹的印度,凡是他走过的地方,人民得到了起点,
甘地以自己铺路,印度有了旅程,再也不能安息。

（四）

在"死的大厦"里,人们献给他荣耀的花冠,
他所来自的地方,甘地,他已经不再回去,
现代文明有千万诱惑,然而他只寻求贫穷,
第一个反抗者,没有沾上"死",一点不肯牺牲,
我们看见他,无穷的热力,周流在自然的怀里。

（五）

面临崩溃、困守着良知而不转移,
每个起点终止于暴力,只好从不要的胜利中折回,
甘地撕开欺骗,他承认失败是因为不肯放弃:

痛苦已经够了,屈辱已经够了,历史再不容错误,
他是指挥被压迫的心,向无形而普在的物质征服。

(六)

成功不是他的,反复追求不过使悲剧更加庄严,
一切决定的朝他反抗,甘地因而得到了表现;
火焰已经投出,当一个世纪还在观望和犹疑,
当生命被敌视,走过而消失,在神魔之间
甘地,他上下求索,在无底里凝固了人的形象。

(七)

你掩没在浪潮里的巨石,一座古代的神龛,
是无信仰里的信仰,当你的膜拜者已被奴役,
无可辩护的声音,在无声之中,要为奴隶举起。
甘地向奴隶膜拜,迷路者因而看到了巨石,
印度失而复得,在甘地的坚定里,向现代发出声音!

(八)

是情感丰富的热带,繁茂的,人和自然的花园,

安详的土地,大河流贯,森林里游走着狮王和巨象,
在曙光中,那看见新大陆的人,他来了把十字架竖起,
他竖起的是谦卑美德,沉默牺牲,无治而治的人民,
在耕种和纺织声里,祈祷一个洁净的国家为神治理。

       一九四五,五月。

给 战 士

这样的日子,这样才叫生活,
再不必做牛,做马,坐办公室,
大家的身子都已直立,

再不必给压制者挤出一切,
累得半死,得点酬劳还要感激,
终不过给快乐的人们垫底,

还有你,几乎已经牺牲,
为了社会里大言不惭的爱情,
现在由危险渡入安全的和平,

还有你,从来得不到准许
这样充分的表现你自己,
社会只要你平庸,一直到死,

可是今天,所有的无力
都在新生,巨狮已经咆哮,
过去是奴隶,冷淡,和叹息,

这样的日子,这样才叫生活,
太阳晒着你,风吹着你,
和你面对面的再不是恐惧,

人民的世纪,大家终于起来,
为日常生活而战,为自己牺牲,
人民里有了自己的英雄,

有了自己的笑,有了志愿的死,
多么久了我们只是在梦想,
如今一切终于在我们手中,

有这么一天,不必再乞求,
为爱情生活,大家都放心,
大家的血里复旋起古代的英灵,

这是真正的力,为我们取得,
不可屈辱的,如今得到证明,

在坦途前进,每一步都是欢欣,

别了,那寂寞而阴暗的小屋,
别了,那都市的霉烂的生活,
看看我们,这样的今天才是生!

　　　　　　　　一九四五,五,九。
　　　　　　　　　欧战胜利日。

野外演习

我们看见的是一片风景:
多姿的树,富有哲理的坟墓,
那风吹的草香也不能伸入他们的匆忙,
他们由永恒躲入刹那的掩护,

事实上已承认了大地的母亲,
又把几码外的大地当做敌人,
用烟雾掩蔽,用枪炮射击,
不过招来损伤:永恒的敌人从未在这里。

人和人的距离却因而拉长,
人和人的距离才忽而缩短,
危险这样靠近,眼泪和微笑
合而为人生:这里是单纯的缩形。

也是最古老的职业,越来

我们越看到其中的利润,
从小就学起,残酷总嫌不够,
全世界的正义都这么要求。

      一九四五,七月。

七七

你是我们请来的大神，
我们以为你最主持公平，
警棍，水龙，和示威请愿，
不过是为了你的来临。

你是我们最渴望的叔父，
我们吵着要听你讲话，
他们反对的，既然你已来到，
借用我们的话来向你欢迎。

谁知道等你长期住下来，
我们却一天比一天消瘦，
你把礼品胡乱的分给，
而尽力使唤的却是我们。

你的产业将由谁承继，

虽然现在还不能确定,
他们显然是你得意的子孙,
而我们的苦衷将无迹可存。

      一九四五,七月。

先　导

伟大的导师们,不死的苦痛,
你们的灰尘安息了,你们的时代却复生,
你们的牺牲忘却了,一向以欢乐崇奉,
而巨烈的东风吹来把我们摇醒,

当春日的火焰熏暗了今天,
明天是美丽的,而又容易把我们欺骗,
那醒来的我们知道是你们的灵魂,
那刺在我们心里的是你们永在的伤痕,

在无尽的斗争里,我们的一切已经赤裸,
那不情愿的,也被迫在反省或者背弃中,
我们最需要的,他们已经流血而去,
把未完成的痛苦留给他们的子孙,

不灭的光辉!虽然不断的讽笑在伴随,

因为你们只曾给与,呵,至高的欢欣!
你们唯一的遗嘱是我们,这醒来的一群,
穿着你们燃烧的衣服,向着地面降临。

                               一九四五,七月。

农 民 兵(一)

不知道自己是最可爱的人,
只听长官说他们太愚笨,
当富人和猫狗正在用餐,
是长官派他们看守着大门。

不过到城里来出一出丑,
因而抛下家里的田地荒芜,
国家的法律要他们捐出自由:
同样是挑柴,挑米,修盖房屋。

也不知道新来了意义,
大家都焦急的向他们注目——
未来的世界他们听不懂,
还要做什么?倒比较清楚。

带着自己小小的天地:

已知的长官和未知的饥苦,
只要不死,他们还可以云游,
看各种新奇带一点糊涂。

农 民 兵(二)

他们是工人而没有劳资,
他们取得而无权享受,
他们是春天而没有种子,
他们被谋害从未曾控诉。

在这一片沉默的后面,
我们的城市才得以腐烂,
他们向前以我们遗弃的躯体
去迎受二十世纪的杀伤。

美丽的过去从不是他们的,
现在的不平更为显然,
而我们竟想以锁链和饥饿
要他们集中相信一个诺言。

那一向都受他们豢养的

如今已摇头要提倡慈善,
但若有一天真理爆炸,
我们就都要丢光了脸面。

　　　　　一九四五,七月。

打 出 去

这场不意的全体的试验,
这毫无错误的一加一的计算,
我们由幻觉渐渐往里缩小
直到立定在现实的冷刺上显现:

那丑恶的全已疼过在我们心里,
那美丽的也重在我们的眼里燃烧,
现在,一个清晰的理想呼求出生,
最大的阻碍:要把你们击倒,

那被强占了身体的灵魂
每日每夜梦寐着归还,
它已经洗净,不死的意志更明亮,
它就要回来,你们再也不能够阻拦

多么久了,我们情感的弱点

枉然地向那深陷下去的旋转，
那不能补偿的如今已经起立，
最后的清算，就站在你们面前。

     一九四五,七月。

奉 献

这从白云流下来的时间,
这充满了鸟啼和露水的时间,
我们已经随意的使它枯去:
这个清早,他却抓住了献给美满,

他的身子倒在绿色的原野上,
一切的烦忧都同时放低,
一个最高的意志,在欢快中解放
一颗子弹,把他的一生结为整体,

那做母亲的太阳,看他长大,
看他远远的为阴影所欺,
如今却心贴心的把他拥抱:
问题留下来,他肯定的回答升起,

其余的,都等着土地收回,

他精致的头已垂下来顺从,
我们敬礼,他是交还了自己的生命
比较主所赐给的更为光荣。

　　　　　　　一九四五,七月。

反攻基地

日里夜里,飞机起来和降落
以三百哩的速度增加着希望,
历史的这一步必须要踏出:
汽车川流着如夏日的河谷,

这一个城市:拱卫在行动的中心,
太阳走下来向每个人歌唱:
我不辨是非,也不分种族,
我只要你向泥土扩张,和我一样。

过去的还想在这里停留,
"现在"却垄断如一场传染病,
各样的饥渴全都要满足,
商人和毛虫欢快如美军,

将军们正聚起眺望着远方,

这里不过是朝"未来"的跳板,
凡有力量的都可以上来,
是你还是他暂时全不管。

　　　　　　　一九四五,七月。

通货膨胀

我们的敌人已不再可怕,
他们的残酷我们看得清,
我们以充血的心沉着地等待,
你的淫贱却把它弄昏,

长期的诱惑:意志已混乱,
你借此倾覆了社会的公平,
凡是敌人的敌人你一一谋害,
你的私生子却得到太容易的成功,

无主的命案,未曾提防的
叛变,最远的乡村都卷进,
我们的英雄还击而不见对手,
他们受辱而死,却由于你的捉弄。

在你的光彩下,正义只显得可怜,

你是一面蛛网,居中的只有蛆虫,
如果我们要活,他们必需死去,
天气晴朗,你的统治先得肃清。

       一九四五,七月。

一个战士需要温柔的时候

你的多梦幻的青春,姑娘,
别让战争的泥脚把它踏碎,
那里才有真正的火焰,
而不是这里燃烧的寒冷,
当初生的太阳从海边上升,
林间的微风也刚刚苏醒,

别让那么多残酷的哲理,姑娘,
也织上你的锦绣的天空,
你的眼泪和微笑有更多的话,
更多的使我持枪的信仰,
当劳苦和死亡不断的绵延,
我宁愿它是南方的欺骗,

因为青草和花朵还在你心里,
开放着人间仅有的春天,

别让我们充满意义的糊涂,姑娘,
也把你的丰富变为荒原,
唯一的憩息只有由你安排,
当我们摧毁着这里的房屋,

你的年代在前或在后,姑娘,
你的每个错觉都令我向往,
只不要堕入现在,它嫉妒
我们已得或未来的幸福,
等一个较好的世界能够出生,
姑娘,它会保留你纯洁的欢欣。

　　　　　　　一九四五,七月。

森林之魅

——祭胡康河谷上的白骨

森　林：

没有人知道我,我站在世界的一方。
我的容量大如海,随微风而起舞,
张开绿色肥大的叶子,我的牙齿。
没有人看见我笑,我笑而无声,
我又自己倒下来,长久的腐烂,
仍旧是滋养了自己的内心。
从山坡到河谷,从河谷到群山,
仙子早死去,人也不再来,
那幽深的小径埋在榛莽下,
我出自原始,重把秘密的原始展开,
那毒烈的太阳,那深厚的雨,
那飘来飘去的白云在我头顶,
全不过来遮盖,多种掩盖下的我
是一个生命,隐藏而不能移动。

人：

离开文明,是离开了众多的敌人,
在青苔藤蔓间,在百年的枯叶上,
死去了世间的声音。这青青杂草,
这红色小花,和花丛里的嗡营,
这不知名的虫类,爬行或飞走,
和跳跃的猿鸣,鸟叫,和水中的
游鱼,蟒和象和更大的畏惧,
以自然之名,全得到自然的崇奉,
无始无终,窒息在难懂的梦里,
我不合谐的旅程把一切惊动。

森　林：

欢迎你来,把血肉脱尽。

人：

是什么声音呼唤?有什么东西
忽然躲避我?在绿叶后面
它露出眼睛,向我注视,我移动
它轻轻跟随。黑夜带来它嫉妒的沉默
贴近我全身。而树和树织成的网

压住我的呼吸,隔去我享有的天空!
是饥饿的空间,低语又飞旋,
像多智的灵魅,使我渐渐明白
它的要求温柔而邪恶,它散布
疾病和绝望,和憩静,要我依从。
在横倒的大树旁,在腐烂的叶上,
绿色的毒,你瘫患了我的血肉和深心!

  森 林:
这不过是我,设法朝你走近,
我要把你领过黑暗的门径;
美丽的一切,由我无形的掌握,
全在这一边,等你枯萎后来临。
美丽的将是你无目的眼,
一个梦去了,另一个梦来代替,
无言的牙齿,它有更好听的声音。
从此我们一起,在空幻的世界游走,
空幻的是所有你血液里的纷争;
一个长久的生命就要拥有你,
你的花,你的叶,你的幼虫。

祭　歌

在阴暗的树下,在急流的水边,
逝去的六月和七月,在无人的山间,
你们的身体还挣扎着想要回返,
而无名的野花已在头上开满。

那刻骨的饥饿,那山洪的冲激,
那毒虫的啮咬和痛楚的夜晚,
你们受不了要向人讲述,
如今却是欣欣的林木把一切遗忘。

过去的是你们对死的抗争,
你们死去为了要活的人们生存,
那白热的纷争还没有停止,
你们却在森林的周期内,不再听闻。

静静的,在那被遗忘的山坡上,
还下着密雨,还吹着细风,
没有人知道历史曾在此走过,
留下了英灵化入树干而滋生。

　　　　　　　　　　一九四五,九月。

神魔之争

——赠董庶

  东 风：
太阳出来了,海已经静止,
苏醒的大地朝向我转移。
O光明！O生命！O宇宙！
我是诞生者,在一拥抱间,
退却的繁星触我而流去,

来自虚无,我轻捷的飞跑,
那里是方向？方向的脚步
迟疑的,正在随我而扬起。
在篱下有一枝新鲜的玫瑰,
为我燃烧着,寂寞的哭泣,

虽然我和她一样的古老,
恋语着,不知道多少年了,

虽然她生了又死,死了又生,
游荡着,穿过那不见的地方,
重到这腐烂了一层的岩石上,

在山谷,河流,绿色的平原,
那最难说服的是人类的乐声,
因我的吹动,每一年更动听,
但我不过扬起古老的愚蠢:
正义,公理,和世代的纷争——

O 旋转!虽然人类在毁灭
他们从腐烂得来的生命:
我愿站在年幼的风景前,
一个老人看着他的儿孙争闹,
憩息着,轻拂着枝叶微笑。

  神:
一切合谐的顶点,这里
是我。

  魔:
  而我,永远的破坏者。

神：

不。它不能破坏，一如
爱的誓言。它不能破坏，
当远古的圣殿屹立在海岸，
承受风浪的吹打，拥抱着
多少英雄的血，多少歌声
流去了，留下了膜拜者，
当心心联起像一座山，
永远的生长，为幸福荫蔽
直耸到云霄，美德的天堂，
是弱者的渴慕，不屈的
恩赏。

你不能。

魔：

是的，我不能。
因为你有这样的力！你有
双翼的铜像，指挥在
大理石的街心。你有胜利的
博览会，古典的文物，
聪明，高贵，神圣的契约。
你有自由，正义，和一切

我不能有的。
　　　　　O,我有什么!
在寒冷的山地,荒漠,和草原,
当东风耳语着树叶,当你
启示给你的子民,散播了
最快乐的一年中最快乐的季节,
他们有什么? 那些轮回的
牛,马,和虫豸。我看见
空茫,一如在被你放逐的
凶险的海上,在那无法的
眼里,被你抛弃的渣滓,
他们枉然,向海上的波涛
倾泻着疯狂,O我有什么!
无言的机械按在你脚下,
充塞着煤烟,烈火,听从你
当毁灭每一天贪婪的等待,
他们是铁钉,木板。相互
磨出来你的营养。
　　　　　O,天!
不,这样的呼喊有什么用?
因为就是在你的奖励下,
他们得到的,是耻辱,灭亡。

神：
仁义在那里？责任，理性，
永远逝去了！反抗书写在
你的脸上。而你的话语，
那一锅滚沸的水泡下，
奔窜着烈火，是自负，
无知，地狱的花果。
你已铸出了自己的灭亡，
那爱你的将为你的忏悔
喜悦，为你的顽固悲伤。

我是谁？在时间的河流里，
一盏起伏的，永远的明灯。
我听过希腊诗人的歌颂，
浸过以色列的圣水，印度的
佛光。我在中原赐给了
智慧的诞生。在幽明的天空下，
我引导了多少游牧的民族，
从高原到海岸，从死到生，
无数帝国的吸力，千万个庙堂，
因我的降临而欢乐。

　　　　　现在,
我错了吗？当暴力,混乱,罪恶,
要来充塞时间的河流。一切
光辉的再不能流过,就是小草
也将在你的统治下呻吟。
我错了吗？所有的荣誉,
法律,美丽的传统,回答我!

　　魔:
黑色的风,如果你还有牙齿,
诅咒!
暴躁的波涛也别在深渊里
　　滚转着你毒恶的泛滥,
让奸诈的,凶狠的,饥渴的死灵,
蟒蛇,刀叉,冰山的化身,
整个的泼去,
　　　　　在错误和错误上,
凡是母亲的孩子,拿你的一份!

　　神:
畏惧是不当的,我所恐怕的
已经来临了。

O,纵横的山脉,
在我的威力下奔驰的,你们
拧起我的筋骨来!在我胸上,
让炸弹,炮火,混乱的城市,
喷出我洁净的,合谐的感情。
站在旋风的顶尖,我等待
你涌来的血的河流——沉落,
当我收束起暴风雨的天空,
而阴暗的重云再露出彩虹。

　　林妖合唱:
谁知道我们什么做成?
啄木鸟的回答:叮当!
我们知道自己的愚蠢,
一如树叶永远的红。

谁知道生命多么长久?
一半是醒着,一半是梦。
我们活着是死,死着是生,
呵,没有人过得更为聪明。

小河的流水向我们说,

谁能够数出天上的星？
但是在黑夜,你只好摇头,
当太阳照耀着,我们能。

这里是红花,那里是绿草,
谁知道它们怎样生存？
呵没有,没有,没有一个,
我们知道自己的愚蠢。

　林　妖　甲：
白日是长的,虽然生命
短得像一句叹息。我们怎样
消磨这光亮？亲爱的羊,
小鹿,鼹鼠,蚯蚓,告诉我。
深入羞怯的山谷,我们将
换上她的衣裳？还是追逐
嗡营里,蜜蜂的梦？或者,
钻入泥土听年老的树根
讲它的故事？
　　　　　O 谁在那儿？
那是什么？

林 妖 乙：
那是火！

　　　　　从四面向我们扑来。
O看！树木已露出黑色的头发
向上飘扬，它的温柔的胸怀
也卷动着红色的舌头！

　　　　　O火！火！

魔：
不要躲避我残酷的拥抱，
这空虚的心正期待着血的满足！
没有同情，没有一只温暖
的手，抚慰我的创痕。

　　　　但是，
为什么我要渴求这些？
为什么我要渴求茫昧的笑，
一句哄骗的话语，或者等待
成列的天使歌舞在墓前
掷洒着花朵？全世的繁华
不为我而生，当忧苦，失败，
随我每一个地方，张开口，
我的吞没是它的满足，渗合着

使我痛裂的冷笑。然而幸免,
诅咒又将在我头上,我不能
取悦又不能逃脱。因为我是
过去,现在,将来,死不悔悟的
天神的仇敌。

　　　那些在乐园里
豢养的猫狗,鹦鹉,八哥,
为什么我不是?娱乐自己,
他们就得到了权力的恩宠,
当刀山,沸油,绝望,压出来
我终日终年的叹息,还有什么
我能期望的?天庭的合谐
关我在外面,让幽暗
向我讽笑,每一次愤怒
给我雕出更可憎的容颜。
而我的眼泪,O 不!为什么
我要哭泣,那只会得到
他的厌恶。

　　　我比他更坏吗?
全宇宙的生命,你们回答我,
当我领有了天国。

　　　　O,战争!

林　妖：
他来了,一个永远的不,
走进白热的占有的网,
O 他来了点起满天的火焰,
和刚刚平息的血肉的纷争。

O 永明的太阳！你的温暖
枉然的在我们的心里旋转,
自然的爱情朝一处茁生,
而人世却把它不断的割分。

像草上的露珠,O 和平！
教给我们无边的扩展,
当晨光,树林,天空,飞鸟,
欢欣的,在一颗泪里团圆。

那给我们带来光亮的眼睛
还要向着地面的灰尘固定,
一颗种子也不能够伸叶,开花,
为现实抱紧,它做着空虚的梦。

O 回来吧,希望!你的辽阔
已给我们罩下更浓的幽暗,
诚实的爱情也不要走远,
它是危险的,给人以伤痛。

在那短暂的,稀薄的空间,
我们的家成了我们的死亡。
O,谁能够看见生命的尊严?
和我们去,和我们去,把一切遗忘!

　　东　风:
我的孩子,虽然这一切
由我创造,我对我爱的
最为残忍。我知道,我给了你
过早的诞生,而你的死亡,
也没有血痕,因为你是
留存在每一个人的微笑中,
你是终止的,最后的完整。

当宇宙开始,岩石的热
拒绝雨水的侵蚀,所以长久
地球上凝皱着阴霾的面孔,

暴击,坚硬,于是有海,
海里翻动着交搏的生命,
弱者不见了,那些暗杀者
伸出水外,依旧侵蚀着
地层。历史还正年青,
在泥土里,你可以看见
树根和树根的缠绕——
虽然它的枝叶,在轻闲的
摇摆,是胜利的骄傲。到处
微菌和微菌,力和力,
存在和虚无,无情的战斗。

没有地方你能够逃脱,
正如我把种子到处去播散,
让烈火烧遍,均衡着力量,
于是岩石上将会得到
温煦的老年。然而现在
既然在笑脸里,你看见
阴谋,在欢乐里,冷酷,
在至高的理想隐藏着

彼此的杀伤。你所渴望的，
远不能来临。你只有死亡，
我的孩子，你只有死亡。

　　林妖合唱：
谁知道我们什么做成？
啄木鸟的回答：叮，当！
我们知道自己的愚蠢，
一如树叶永远的红。

谁知道生命多么长久？
一半是醒着，一半是梦。
我们活着是死，死着是生，
呵，没有谁过得更为聪明。

小河的流水向我们说，
谁能够数出天上的星？
但是在黑夜，你只有摇头，
当太阳照耀着，我们能。

这里是红花，那里是绿草，

谁知道它们怎样生存?
呵没有,没有,没有一个,
我们知道自己的愚蠢。

     一九四一,六月作。
     一九四七,三月重订。

附录

一个中国诗人

王佐良

——原载伦敦 LIFE AND LETTERS 杂志 1946 年 6 月号——

对于战时中国诗歌的正确的评价,大概要等中国政治局面更好的一日。黄河以北一大块土地尚待发掘。模糊地听见的只是延安方面的一些诗人——在战前就建立了声誉的,如艾青和田间,曾试验过一些新的形式,既非学院气息,也不花花绿绿。有人说这些形式大体是民歌的改造,常常还以秧歌作为穿插。这些当然是错误的传闻。而传闻也必须到此为止:我们回到那年青的昆明的一群。

这一群毫不有名。他们的文章出现在很快就夭折的杂志上,有二三个人出了他们的第一个集子。但是那些印在薄薄土纸上的小书从来就无法走远,一直到今天,还是有运输困难和邮局的限制。只有朋友们才承认它们的好处,在朋友们之间,偶然还可以看见一卷文稿在传阅。

这些诗人们多少与国立西南联大有关,联大的屋顶是低的,学者们的外表褴褛,有些人形同流民,然而却一直有着那点对于心智上事物的兴奋。在战争的初期,图书馆比后来的更小,然而仅有的几本书,尤其是从外国刚运来的珍宝似的新书,是用着一种无礼貌的饥饿吞下了的。这些书现在大概还躺在昆明师范学院的书架上吧!最后,纸边都卷如狗耳,到处都皱叠了,而且往往失去了封面。但是这些联大的年青诗人们并没有白读了他们的艾里奥脱与奥登。也许西方会吃惊地感到它对于文化东方的无知,以及这无知的可耻,当我们告诉它,如何地带着怎样的狂热,以怎样梦寐的眼睛,有人在遥远的中国读着这二个诗人。在许多下午,饮着普通的中国茶,置身于乡下来的农民和小商人的嘈杂之中,这些年青作家迫切地热烈讨论着技术的细节。高声的辩论有时伸入夜晚:那时候,他们离开小茶馆,而围着校园一圈又一圈地激动地不知休止地走着。但是对于他们,生活并不容易。学生时代,他们活在微薄的政府公费上。毕了业,作为大学和中学的低级教员,银行小职员,科员,实习记者,或仅仅是一个游荡的闲人,他们同物价作着不断的,灰心的抗争。他们之中有人结婚,于是从头就负债度日,他们洗衣,买菜,烧饭,同人还价,吵嘴,在市场上和房东之前受辱。他们之间并未发展起一个排他的、贵族性的小团体。他们陷在污泥之中,但是,总有那么些次,当事情的重压比较松了一下,当一年又转到春天了,他们从日常琐碎的折磨里偷出时间和心思——来写。

战争,自然不仅是物价。也不仅是在城市里躲警报,他们大多要更接近它一点。二个参加了炮兵。一个帮美国志愿队作战,好几个变成宣传部的人员。另外有人在滇缅公路的修筑上晒过毒太阳,或将敌人从这路上打退。但是最痛苦的经验却只属于一个人,那是一九四二年的缅甸撤退,他从事自杀性的殿后战。日本人穷追,他的马倒了地,传令兵死了,不知多少天,他给死去战友的直瞪的眼睛追赶着,在热带的毒雨里,他的腿肿了。疲倦得从来没有想到人能够这样疲倦,放逐在时间——几乎还在空间——之外,胡康河谷的森林的阴暗和死寂一天比一天沉重了,更不能支持了,带着一种致命性的痢疾,让蚂蝗和大得可怕的蚊子咬着。而在这一切之上,是叫人发疯的饥饿。他曾经一次断粮到八日之久。但是这个二十四岁的年青人,在五个月的失踪之后,结果是拖了他的身体到达印度。虽然他从此变了一个人,以后在印度三个月的休养里又几乎因为饥饿之后的过饱而死去,这个瘦长的、外表脆弱的诗人却有意想不到的坚韧,他活了下来,来说他的故事。

但是不!他并没有说。因为如果我的叙述泄露了一种虚假的英雄主义的坏趣味,他本人对于这一切淡漠而又随便,或者便连这样也觉得不好意思。只有一次,被朋友们逼得没有办法了,他才说了一点,而就是那次,他也只说到他对于大地的惧怕,原始的雨,森林里奇异的、看了使人害病的草木怒长,而在繁茂的绿叶之间却是那些走在他前面的人的腐烂的尸身,也许就是他的朋友们的。

他的名字是穆旦,现在是一个军队里的中校,而且主持着一张常常惹是非的报纸。他已经有了二个集子,第三个快要出了,但这些日子他所想的可能不是他的诗,而是他的母亲。有整整八年他没见到母亲了,而他已不再是一个十八岁的孩子。

这个孩子实际上并未长成大人。他没有普通中国诗人所有的派头。他有一个好的正式的教育,而那仅仅给了他技术方面的必要的知识。在好奇心方面,他还只有十八岁;他将一些事物看作最初的元素:

> 当我呼吸,在山河的交铸里,
> 无数个晨曦,黄昏,彩色的光,
> 从昆仑,喜马,天山的傲视,

>流下了干燥的,卑湿的草原,
>
>当黄河,扬子,珠江终于憩息……

如果说是这里有些太堂皇的修辞,那么让我们指出:这首诗写在一九三九年。正当中国激动在初期的挫败里。应该是外在的陌生的东西,在一个年青的无经验的手中变成了内在的情感。

我们的诗人以纯粹的抒情著称,而好的抒情是不大容易见到的,尤其在中国。在中国所写的,有大部分是地位不明白的西方作家的抄袭,因为比较文学的一个普通的讽刺是:只有第二流的在另一个文字里产生了真正的影响。最好的英国诗人就在穆旦的手指尖上,但他没有模做,而且从来不借别人的声音歌唱。他的焦灼是真实的:

>我从我心的旷野里呼喊,
>
>为了我窥见的美丽的真理,
>
>而不幸,彷徨的日子将不再有了,
>
>当我缢死了我的错误的童年,
>
>(那些深情的执拗和偏见,)

主要的调子却是痛苦:

>在坚实的肉里那些深深的
>
>血的沟渠,血的沟渠灌溉了

> 翻白的花,在青铜样的皮上,
>
> 是多大的奇迹,从紫色的血泊中
>
> 它抖身,它站立,它跃起,
>
> 风在鞭挞它痛楚的喘息,

是这一种受难的品质,使穆旦显得与众不同的。人们猜想现代中国写作必将□□□□得分明生动,但是除了几闪鲁迅的凶狠地刺人的机智和几个零碎的悲愤的喊叫,大多数中国作家是冷淡的。倒并不是因为他们太飘逸,事实上,没有别的一群作家比他们更接近土壤,而是因为在拥抱了一个现实的方案和策略时,政治意识闷死了同情心。死在中国街道上是常见景象,而中国的智识分子虚空地断断续续地想着。但是穆旦并不依附任何政治意识。一开头,自然,人家把他当作左派,正同每一个有为的中国作家多少总是一个左派。但是他已经超越过这个阶段,而看出了所有口头式政治的庸俗:

> 在犬牙的甬道中让我们反复
>
> 行进,让我们相信你句句的紊乱
>
> 是一个真理。而我们是皈依的,
>
> 你给我们丰富,和丰富底痛苦。

我并不是说他逐渐流入一个本质上是反动的态度。他只是

更深入,更钻进根底,问题变成了心的死亡:

> 然而这不值得挂念,我知道
> 一个更紧的死亡追在后头,
> 因为我听见了洪水,随着巨风,
> 从远而近,在我们的心里拍打,
> 吞蚀着古旧的血液和骨肉。

就在他采用了辩证,穆旦也是在让一个黑暗的情感吞蚀着:

> 勃朗宁,毛瑟,三号手提式,
> 或是爆进人肉去的左轮,
> 它们能给我绝望后的快乐,
> 对着漆黑的枪口,你就会看见
> 从历史的扭转的弹道里,
> 我是得到了二次的诞生。

他总给人那么一点肉体的感觉,这感觉,所以存在是因为他不仅用头脑思想,他还"用身体思想"。他的五官锐利如刀:

> 在一瞬间
> 我看见了遍野的白骨
> 旋动

就是关于爱情,他的最好的地方是在那些官能的形相里:

你底眼睛看见这一场火灾,

你看不见我,虽然我为你点燃;

唉,那燃烧着的不过是成熟的年代,

你底,我底。我们相隔如重山!

从这自然底蜕变底程序里,

我却爱了一个暂时的你。

即使我哭泣,变灰,变灰又新生,

姑娘,那只是上帝玩弄他自己。

我不知道别人怎样看这首诗,对于我,这个将肉体与形而上的玄思混合的作品是现代中国最好的情诗之一。

但是穆旦的真正的谜却是:他一方面最善于表达中国知识分子的受折磨而又折磨人的心情,另一方面他的最好的品质却全然是非中国的。在别的中国诗人是模糊而像羽毛样轻的地方,他确实,而且几乎是拍着桌子说话。在普遍的单薄之中,他的组织和联想的丰富有点似乎冒犯别人了。这一点也许可以解释他为什么很少读者,而且无人赞誉。然而他的在这里的成就也是属于文字的。现代中国作家所遭遇的困难主要是表达方式的选择。旧的文体是废弃了,但是它的词藻却逃了过来压在新的作品之上。穆旦的胜利却在他对于古代经典的彻底的无知。甚至于他的奇幻都是新式的。那些不灵活的中国字在他的手里给揉着,操纵着,它们给暴露在新的严厉和新的气候之前。他有许多人家所想不到的排列和组合。在《五月》这类的诗里,他故意地将新的和旧的风格相比,来表示"一切都在脱节之中",而结果是,有一种猝然,一种剃刀片似的锋利:

> 负心儿郎多情女
>
> 荷花池旁订誓盟
>
> 而今独自倚栏想
>
> 落花飞絮满天空
>
> 而五月的黄昏是那样的朦朦,
>
> 在火炬的行列叫喊过去以后,
>
> 谁也不会看见的
>
> 被恭维的街道就把他们倾出,
>
> 在报上登过救济民生的谈话后,
>
> 谁也不会看见的
>
> 愚蠢的人们就扑进泥沼里,
>
> 而谋害者,凯歌着五月的自由,
>
> 紧握一切无形电力的总枢纽。

穆旦之得着一个文字,正由于他弃绝了一个文字,他的风格完全适合他的敏感。

穆旦对于中国新写作的最大贡献,照我看,还是在他的创造了一个上帝。他自然并不为任何普通的宗教或教会而打神学上的仗,但诗人的皮肉和精神有着那样的一种饥饿,以至喊叫着要求一点人身以外的东西来支持和安慰。大多数中国作家的空洞他看了不满意,他们并非无神主义者,他们什么也不相信。而在这一点上,他们又是完全传统的。在中国式极为平衡的心的气候里,宗教诗从来没有发达过。我们的诗里缺乏大的精神上的起伏,这也可以用前面提到过的"冷漠"解释。但是穆旦,以他的孩子似的好奇,他的在灵魂深处的窥探,至少是明白冲突和怀疑的:

> 虽然生活是疲惫的,我必须追求,
> 虽然观念的丛林缠绕我,
> 善恶的光亮在我的心里明灭

以及一个比较直接的决心:

> 看见到处的繁华原来是地狱,
> 不能够挣脱,爱情将变做仇恨,
> 是在自己的废墟上,以卑贱的泥土,
> 他们匍匐着竖起了异教的神。

以及"辨识"的问题,在《我》这首诗里用了那样艰难的、痛苦的韵律所表达的:

从子宫割裂,失去了温暖,
是残缺的部分渴望着救援,
永远是自己,锁在荒野里,

从静止的梦离开了群体,
痛感到时流,没有什么抓住,
不断的回忆带不回自己,

遇见部分时在一起哭喊,
是初恋的狂喜,想冲出樊篱,
伸出双手来抱住了自己

幻化的形象,是更深的绝望,
永远是自己,锁在荒野里,
仇恨着母亲给分出了梦境。

这是一首奇异的诗,使许多人迷惑了。里面所牵涉到的有性,母亲的"母题",爱上一个女郎,自己的一"部分",而她是像母亲的。使我想起的还有柏拉图的对话,在一九三六年穆旦与我同时在北平城外一个校园里读的。附带的,我想请读者注意诗里"子宫"二字,在英文诗里虽然常见,中文诗里却不大有人用过。在一个诗人探问着子宫的秘密的时候,他实在是问着事物的黑暗的神秘。性同宗教在血统上是相联的。

就眼前说,我们必须抗议穆旦的宗教是消极的。他懂得受难,却不知至善之乐。不过这可能是因为他今年还只二十八岁。他的心还在探索着。这种流动,就中国新写作而言,也许比完全的虔诚要更有用些。他最后所达到的上帝也可能不是上帝,而是魔鬼本身。这种努力是值得称赞的,而这种艺术的进展——去爬灵魂的禁人上去的山峰,一件在中国几乎完全是新的事——值得我们的注意。